애인은 토막 난 순대처럼 운다

애인은 토막 난 순대처럼 운다

권혁웅 시집

창비

차 례

제3부 ＿＿＿

제1부

호구(糊口)

조바심이 입술에 침을 바른다
입을 봉해서, 입술 채로, 그대에게 배달하고 싶다는 거다
목 아래가 다 추신이라는 거다

고스톱 치는 순서는 왜 왼쪽인가

우리 고모, 하루 종일 노인정에 나가 고스톱을 치지요 "이게 치매 예방에 그렇게 좋다네." 그놈의 예방주사 부작용으로 좌골신경통과 오십견이 왔어도 우리 고모, 못 먹어도 고지요 고모부는 건영아파트 105동 입구에서 이교대로 시간을 지키고 있고 세 아들은 명절에만 오지요 달팽이처럼 똬리를 틀고 앉아서 우리 고모, 동네 할머니들에게 점 십짜리 운명을 배당하지요 늙은 닌자가 헌 표창 날리듯 오른쪽에서 왼쪽으로 날아가 꽂히는 붉은 서표(書標)들, 신음할 새도 없이 광박이나 피박을 쓰고 엎드리는 노인들은 오늘도 0.1도쯤 허리가 기울었지요 달팽이잡이뱀은 달팽이집이 오른돌이, 그러니까 시계 방향으로 자란 것만 먹는다지요 오른쪽에 이가 열두개 정도 더 나 있어서, 오른돌이만 잡아낸다지요 그 열둘이야말로 시간을 말하는 숫자들이지요 시간을 따라가면 죽음과 마주치게 된다는 뜻, 그래서 고스톱 치는 순서가 왼돌이일 거예요 우리 고모, 동네 할머니들과 힘을 합쳐 시간에 저항하고 있는 거지요

애인은 토막 난 순대처럼 운다

지금 애인의 울음은 변비 비슷해서 두시간째
끊겼다 이어졌다 한다
몸 안을 지나는 긴 울음통이 토막 나 있다
신의주찹쌀순대 2층, 순댓국을 앞에 두고
애인의 눈물은 간을 맞추고 있다
그는 눌린 머리고기처럼 얼굴을 눌러
눈물을 짜낸다
새우젓이 짜부라진 그의 눈을 흉내낸다
나는 당면처럼 미끄럽게 지나간
시간의 다발을 생각하고
마음이 선지처럼 붉어진다 다 잘게 썰린
옛날 일이다
연애의 길고 구부정한 구절양장을 지나는 동안
우리는 빨래판에 치댄 표정이 되었지
융털 촘촘한 세월이었다고 하기엔
뭔가가 빠져 있다
지금 마늘과 깍두기만 먹고 견딘다 해도
동굴 같은 내장 같은

애인의 목구멍을 다시 채워줄 수는 없을 것이다
나는 버릇처럼 애인의 얼굴을 만지려다 만다
휴지를 든 손이 변비 앞에서 멈칫하고 만다

봄밤

전봇대에 윗옷 걸어두고 발치에 양말 벗어두고
천변 벤치에 누워 코를 고는 취객
현세와 통하는 스위치를 화끈하게 내려버린
저 캄캄함 혹은 편안함
그는 자신을 마셔버린 거다
무슨 맛이었을까?
아니 그는 자신을 저기에 토해놓은 거다
이번엔 무슨 맛이었을까?
먹고 마시고 토하는 동안 그는 그냥 긴 관(管)이다
그가 전 생애를 걸고
이쪽저쪽으로 몰려다니는 동안
침대와 옷걸이를 들고 짐이 그를 마중 나왔다
지갑은 누군가 가져간 지 오래,
현세로 돌아갈 패스포트를 잃어버렸으므로
그는 편안한 수평이 되어 있다
다시 직립 인간이 되지는 않겠다는 듯이
부장 앞에서 목이 굽은 인간으로
다시 진화하지 않겠다는 듯이

봄밤이 거느린 슬하,
어리둥절한 꽃잎 하나가 그를 덮는다
이불처럼
부의봉투처럼

도봉근린공원

얼굴을 썬캡과 마스크로 무장한 채
구십도 각도로 팔을 뻗으며 다가오는 아낙들을 보면
인생이 무장강도 같다는 생각이 든다
동계적응훈련 같다는 생각이 든다
제대한 지 몇년인데, 지갑은 집에 두고 왔는데,
우물쭈물하는 사이 윽박지르듯 지나쳐 간다
철봉 옆에는 허공을 걷는 사내들과
앉아서 제 몸을 들어 올리는 사내들이 있다 몇 갑자
내공을 들쳐 메고 무협지 밖으로 걸어나온 자들이다
애먼 나무둥치에 몸을 비비는 저편 부부는
겨울잠에서 깨어난 곰을 닮았다
영역 표시를 해놓는 거다
신문지 위에 소주와 순대를 진설한 노인은
지금 막 주지육림에 들었다
개울물이 포석정처럼 노인을 중심으로 돈다
약수터에 놓인 빨간 플라스틱 바가지는 예쁘고
헤픈 처녀 같아서 뭇입이 지나간 참이다
나도 머뭇거리며 손잡이 쪽에 얼굴을 가져간다

제일 많이 혀를 탄 곳이다 방금 나는
웬 노파와 입을 맞췄다
맨발 지압로에는 볼일 급한 애완견이 먼저 지나갔고
음이온 산책로에는 보행기를 끄는 고목이 서 있으니
놀랍도다, 이 저녁의 평화는 왜 이리 분주한 것이며
요즈음의 태평성대는 왜 이리 쓸쓸한 것이냐

기침의 현상학

할머니가 흉곽에서 오래된 기침 하나를 꺼낸다
물먹은 성냥처럼 까무룩 꺼지는 파찰음이다
질 낮은 담배와의 물물교환이다
이 기침의 연대는 석탄기다
부엌 한쪽에 쌓아두었다가 원천징수하듯
차곡차곡 꺼내어 쓴 그을음들이다
할머니는 가만가만 아랫목으로 구들장으로
아궁이로 내려간다 구공탄 구멍마다
폐(廢), 적(寂), 요(寥) 같은 단어가 숨어 있다
벌겋게 달아올라 있다 가끔
일산화탄소들이 비눗방울처럼 올라온다
할머니, 기침 하나를 펴서 아랫목에 널어둔다
장판은 담뱃재와 열기로 까맣고 동그랗다
기침을 꺼냈는데 폐 전체가 딸려 나온 거다
양쪽 폐를 칠하느라 염료를 다 써서
할머니 머리는 온통 하얗다

주부노래교실

저기 수면을 끌어당기는 마흔개의 빨대가 있다
들이친 비를 받아먹는 마흔개의 입이 있다
벙벙한 어안(魚眼)은 한눈파는 법이 없어서
쉴 새 없이 오병이어를 쏟아낸다
음치가 음악치료가 되는 기적,
꽃미남과 함께하는 동대문구 주부노래교실
저기 수면 위에 내가 놓친 꽃잎이 떠내려간다고
스무살 때 이 두 손으로 뜯어낸 거라고
탬버린이 없는 손 대신 있는 몸으로 부르르 떤다
각광(脚光)은 아래를 비추는 환한 빛이다
아이스케키를 외치며 달아난 어린 손모가지가 그리워
마흔개의 입이 채무자처럼 외친다
이자는 필요 없으니 원금만 돌려다오
두 아이와 사모님을 돌려줄 테니 내게 청춘을 다오
저기 수면이 스무살 높이까지 낮아졌다
끝나면 모두들 천변에 체조하러 가야 한다

천변체조교실

노년이란 몸의 지방자치제인데
팔다리 따로 노는 지역감정이거나 오감의 님비현상인데
여기 천변에선 모두가 일사불란이다
차밍스쿨 다닐 때처럼 선 위의 중앙집권제다
캡을 쓰고 마스크를 한 채 걸어온 저녁,
몸짱 생활체육지도사와 함께하는 천변체조교실
하이힐 또각거리던 그녀를 꺼내야 한다고
모두들 몸이 몸을 버려야 한다고 열심이다
관절마다 한번씩 무릎과 팔꿈치에 두번씩
골목을 돌아 나갔던 사람은 있는 것인데
내가 오른손잡이라면 그는 좌익이었던 거냐
내 왼쪽 뇌의 스위치를 끈다면
오른손으로 그를 잡을 수 없다는 거냐
먼저 눈치채고 평탄해진 가슴은
어떤 추억에도 밋밋해야 한다고 결심한 지 오래다
이 저녁의 양생법이란
견갑골 깊숙이 찔러 넣은 내 손이
내 등을 안는 식이어서

숨쉬기운동이 끝나고 나서도
몇몇은 뒤로 걷고 몇몇은 손뼉을 칠 것이다

시원하다는 말의 뒤편

　미국에서는 발전소 주변에 바다소가 자주 모여든다지 울
컥, 쏟아내는 온배수 때문
　일본에서는 원숭이들이 온천욕을 즐기러 오지
　어린 나는 바다소도 원숭이도 아니어서 탕 속에 끌려들
어가며
　지옥을 배웠지 착하게 살자고 다짐했지 그런데 아버지는
　어, 시원하다 뜨거운 물에 들어가며 말하곤 했어
　삼겹살에도 입이 있다면 그렇게 말했을까 자기가 낸 기
름으로 자기를 튀기면서
　김치찌개에 귀를 기울이면 그렇게 말했을까 붉은 방울을
뻐끔거리면서
　36인치 둘레길이 잠기면서 탕 밖으로 쏟아낸 유레카를
　어린 나는 도무지 몰랐지만
　그때 아버지는 추억의 발전소가 방목해서 키웠던 뚱뚱한
슬픔이었던 거야
　임신선도 아니면서 튼 살이 감춘 시원(始原)이었던 거야
　그토록 멀리 흘러와서야 나는 아버지를 흉내낼 수 있지,
원숭이도 아니면서

굳기름과 김치국물 홀린 자리를 교대로 쳐다보며 비로소
나는 말하지
어, 시원하다

금영노래방에서 두시간

너의 박수가 후렴 너머를 향해 있다는 건
진즉에 알았다
나의 십팔번을 네가 먼저 부를 때
나는 탬버린처럼 소심해져서 바닷바람을 맞는
화면 속 여자나 쳐다보는 것이다
사무실 의자가 멈춰 서서 두리번거리는 두발짐승이라면
여기 놓인 소파의 기원은 파충류여서
언제 내 손을 물고 첨벙대는 무대로 끌고 갈지 모른다
그렇다면 부장 앞에서
피처링을 하겠다고 달려드는 저 사원들은
악어새가 아니면 새끼 악어들,
내 예약곡 다음에 우선예약을 누르는 악다구니들,
너는 취해서 잘못 누른
옛 애인의 번호처럼 옆방에 들러 한곡 부르고 온다
네 이웃의 마이크를 탐하다니
남의 손가락 사이에 타액과 DNA를 묻히고 오다니
나는 미러볼처럼 어리둥절해져서
세번째 10분 추가 안내문을 멀뚱히 쳐다본다

그제 부른 노래를 또 부르는 너
와우, 어디서 좀 놀았군요, 감상문이 가리키는 곳이
바로 여기였음을 너는 모른다
나는 WHITE를 마시던 손가락으로
간주점프를 눌러 몰래 복수나 하는 것이다

불가마에서 두시간

누가 이 양떼를 연옥불에 던져 넣었나
수건을 둘둘 말아 머리에 인 어린 양과
불가마 속에서도 코를 고는 늙은 양들로 여기는 만원이다
올가을에는 기어코 성지순례를 가겠다고
삼년째 돈을 붓는 아마겟돈 회원들,
종말을 팥빙수와 바꾸고 나자 어린아이 머리통 같은
구운 계란이 굴러온다
천국에서도 남녀칠세는 부동석이어서
파란 수건은 왼쪽, 빨간 수건은 오른쪽이다
당신 옆의 빨간 수건이 사라졌다면
그게 휴거다, 그는 당신이 갈 수 없는 곳으로
어쩌면 펄펄 끓는 화마지옥으로
아니라면 게르마늄 천국으로 갔다
아, 두고 온 사람을 돌아보느라
소금기둥이 된 이들로 이루어진 소금동굴도 있다
바짝 마른 양피지들이 바이오세라믹 공정을 거쳐
기신기신 기어나온다
미역국처럼 몸을 푼 이들, 조물조물

몸을 빤 이들, 배를 두드리며 제자리에서 뛰며
냉온을, 말하자면 겨울과 여름을
교대로 겪는 이들로 여기는 만원이다
그들이 벗어둔 양털이
기와로 벗겨낸 피부처럼 땟국물을 이루어 흘러간다
한세상 떠돌던 꿈처럼
행불자가 되고 싶었던 생시처럼

옆 마을 어딘가에는 무릉이 있을 것이다

CGV에서 두시간

H9에서 세번째 등을 걷어찼을 때
G9에 있던 내 분노는 팝콘처럼 피어올랐다
거기는 요추 5번이야, 감히 혈도를 짚다니!
뒤집힌 옥수수알들이 눈에서 뿜어져나왔다
그러나 거기는 곤마의 지세였으니
F9의 뒤통수는 반골이라 높이 솟았고
G8에서는 쉼 없이 문자들이 흘러나왔다
수다스러운 말풍선이었다
G10의 동행은 신발을 벗었다
그것은 어디선가 흘러온 문어발과 섞여
지신을 밟듯 나를 지나갔다
혼은 하늘로 백은 땅으로 갔다 사이에서 나는
콜라처럼 끓어올랐다
아리랑 후렴에 맞춰 여우가 고백을 하고
남우의 선언은 여중생들의 토론에 묻혔다
G3에서 시작된 요의(尿意) 탓에
G12까지 아홉명이 파도를 탔다
나는 둥둥 떠내려갔다 마침내 동남풍이 분 것처럼

트림이 쏟아져나왔다

여기는 CGV, 나는 한가운데 있었다
C열과 V열을 돌볼 겨를이 없었다

의정부부대찌개집에서

이 넓은 냄비는 콜레스테롤과 나트륨이 가득한
졸업앨범 같아요
그이와의 추억이라면 저 햄만큼이나
두툼했으면 좋겠어요
어슷하게 썬 쏘시지가 개인에게 할당된 운명이라면
이 햄은 반별 단체사진이죠
거기 얹힌 콩알만 한 나를 알아보겠어요?
해변에서 모래알 찾기와
냄비 속에서 베이크드 빈스 찾기 그리고
앨범에서 이제는 어른이 된 그이의 얼굴 찾기,
다들 쉽지 않은 일이죠
인연이란 잠시만 한눈팔아도 불어버리는
라면사리 같은 것
혹은 산발한 채 국물 속에서 숨죽이는
신 김치를 닮은 세월도 있어요
동창회란 붉고 붓고 부연 국물 속에서
최초의 얼굴을 찾아가는 모험담이죠
이야, 너 하나도 안 변했네?

너야말로 똑같은데?
우리는 두부처럼 마음이 풀어져요
마지막에 없는 치즈처럼 웃으며
그게 또다른 기념사진인 줄도 모르고

춘천닭갈비집에서

지금 당신은 뼈 없는 닭갈비처럼 마음이 비벼져서
불판 위에서 익고 있지
나는 당신에게 슬픔도 때로는 매콤하다고 말했지
당신이 생각하는 그이는
이미 오이냉국처럼 마음이 식었다고 일러주었지
그이를 한입 떠 넣는다고 해서
당신 마음의 뼈는 돌아오지 않는 거라고
닭 껍질처럼 오돌토돌한 소름은
숨길 수가 없는 거라고 얘기했지
내가 할 수 있는 일이란
앞치마를 두른 채 조금 튄, 당신의 슬픔을 받아내는 일
당신은 없는 그이를 생각하고
나는 고구마와 함께 익어가는 당신을 생각하고
그렇다면 우리의 삼각관계는
떡, 쏘시지, 양배추, 쫄면으로 치장한다고 해도
그냥 먹고 남은 부스러기에 지나지 않는 것이지
나는 조금 속이 타서 찬물을 마셨지
나는 당신 앞에서 물먹은 사람이 되었지

그것도 쎌프써비스였지

당신은 일곱시에 마실을 가고

소름이 미원처럼 쏟아진 밤이에요 띄엄띄엄 켜둔 나트륨 등이 마을을 달구고 밤은 천천히 끓어요 당신의 살은 깍둑 썰기 한 돼지비계보다 희고 부드러워요 고추장이 생리혈처럼 번져가요 파를 다듬는데 얼굴에 가볍게 분(粉) 두드리는 소리가 났어요 맵게 퍼지는 냄새에선 밥과 호르몬과 원죄가 섞여요 당신은 일곱시에 마실을 가고 열한시 방향에서 돌아오겠죠 그동안 경첩은 일도쯤 내려앉고 욕실 수챗구멍에서는 당신의 알리바이가 한웅큼 잡혀요 두부는 작년에 읽은 편지 같아서 혼자서도 자작자작해요 시렁에 얹어둔 양파가 싹을 내듯 당신은 고운 다리로 일곱시에 마실을 가고 열한시 방향에서 돌아와요 거기는 내가 당신을 외면할 수 없는 곳, 당신은 맹점에서 불쑥 솟아나요 내 눈을 닦아 돌려주며 당신은 말해요 배고프다, 어서 밥 먹자

제2부

두 손 두 발 다 들고

연포탕 속의 낙지가 앗 뜨거, 앗 뜨거 하면서
냄비 바깥으로 손을 뻗는다 아니, 발이었나?
잠시 후면 두 손 두 발 다 들고
쫄깃한 육신을 탕 속에 흩뿌릴 테지만
그전에 프리즌 브레이크
파이널 씨즌을 시도하는 것이다 나도 한때,
그런 탈출을 꿈꾼 적이 있었지
멸치육수가 흐를 듯 후덥지근한 숲 속 빈터였다
뼈도 연골도 없이 그녀에게 매달렸지만
그녀가 앉은 벤치는
나박나박 썬 무처럼 너무 담백했다
우리 그냥 친구 하자고
우정이 애정보다 좋은 열두가지 이유를 말하는
그녀의 입은 청양고추만큼이나 매웠다
냄비 속 연옥을 빠져나갈 수 없음을 느끼고
낙지는 마지막 먹물을 뿜는다
눈앞이 캄캄해진 내게
슬라이스로 썬 마늘을 투척하는 그녀

이게 남자한테 그렇게 좋다네
우정과 정력의 모순형용 앞에서
후후 불며 나를 들이켜는 그녀와
두 손 두 발 다 들고
파와 마늘 사이로 숨는 낙지와 나와 쑥스러운 쑥갓과
연포탕에는 그렇게뿐이 모여 있었다

영어 조기교육에 관하여

철들기 전에 영어를 배웠다 담장에서 배웠다
미선이는 내 거다 건들지 마라
'mine'은 광산이란 뜻이었다 여자는 노다지였다
중학교 때 화장실에서 알파벳을 다 외웠다 대문자로 외
웠다
알파벳은 WXY로 끝나는구나
스승은 세로쓰기를 했다 삐뚤빼뚤했다
영어를 잘하니 여자에 대해서도 알게 됐다
고등학교 때엔 A가
뒤집힌 양날도끼에서 왔다는 걸 알았다
감탄사였다 아이들은
손에 잡히는 건 무엇이든 무기로 썼지만
열번 찍어도 안 넘어가는 여자가 도처에 있었다
대학 때 처음 포르노를 보았다
남자나 여자나 퍽을 입에 달고 살았다
'fuck'은 '매우'란 뜻이었지만
남자가 쓰면 욕, 여자가 쓰면 사랑이었다
사회에 나와서야 BC를 제대로 이해했다

나는 여태껏 문법도 모르고 살았구나
부자 되시라고 여자가 속삭였지만
봉급날은 결제일과 함께 왔다
세계화와 여성상위 시대,
어디나 영어와 여자가 있었다
여자에 사로잡힌 영어의 몸,
그게 나였다

난생설화에 관하여

바바리맨이 바바리를 열 때
어쩌면 그는 투명한 유니폼을 입은 거라는 생각,
자기 얼굴을 인쇄한 가면을 쓰고
알로 만든 몸속에 들어가
자신을 신이한 난생설화의 주인공으로 만들었다는 생각,
놀란 여학생들이 비명을 지를 때
그는 젊어지고 가냘파져서 알을 깨고 나오지
아이돌이 되고 싶어서
그는 얼마나 안에서 망치질을 했을까
줄탁동시(啐啄同時)라고
밖에서 쪼아대는 입방정이 얼마나 간절했을까
투명인간은 여탕에도 맘대로 드나든다는데
몸까지 투명해지지 못한 자의 비애로 가득 차서
그는 바바리 속에서 다시 웅크리지
웅크려 처음으로 돌아가지
등교 때 한번, 하교 때 한번
날마다 두번씩 거듭나기 위하여
날마다 개봉박두를 위하여

부활절에 관하여

어머니, 월수금 오후 두시마다 사지에 못 박히네
골고다로 가는 칠성판 위에 누워 골골 신음하네
이곳은 회생 한의원, 개량한복 입은 로마 군병이
주변을 슬슬 돌아다니며 감시하네
어머니, 두 손과 발에서 시작된 통증이
온몸을 돌아 나오네 주기도문도 가상칠언도
가닿지 않는 심연이 몸 안에 있네
쥐며느리처럼 몸을 동그랗게 말고
아니 어머니, 언제 며느리가 된 거지요?
얘, 말도 마라 죽은 네 할머니가
손과 발을 붙잡고 놓아주질 않지 뭐니?
조만간 그분과 낙원을 산책하겠구나
흥, 불굴의 어머니, 월수금 오후 세시마다
박힌 못 탈탈 털고 일어나 부활하네
정말 살아나셨어요, 로마 군병도 증언하네

궁정식 연애에 관하여

애인을 애마에 태워 밥 먹으러 갔지
식당을 지키는 풍선인간 하나,
호들갑스럽게 우리를 맞네 고삐를 맡기고 들어서자
전국에서 모여든 기사들,
마상시합 전의 난전처럼 떠들썩하네
애인은 궁정식 연애의 주인공이 된 듯 들떠서
우아하게 손을 들어 메뉴를 가리키네
불고기백반, 저건 우리의 사랑을 시험하는 거야
우리는 불의 시련을 통과할 거야
고등어자반, 저건 우리 경쟁자들의 운명이야
토막 난 채 소금에 절여진 패잔병이야
우리는 돌솥밥처럼 끓어올라
기사들 사이에서 사랑을 맹세했네
옆구리를 드러낸 자반 옆에서
달달한 불고기 국물 앞에서
기사들은 이쑤시개를 장창처럼 꼬나들고
혹은 자판기 커피를 성배처럼 받들고
청량리로 군자교로 혹은 장안평으로

너도나도 흩어졌네
잘 아시겠지만 이 기사담의 결말은 누룽지,
눌어붙은 밥알들이 책임지는
물에 불은 한때의 고소함에 관한 이야기였다네

삼팔선에 관하여

그건 휴전선이 아니었지
우리는 한번도 전쟁을 멈춘 적이 없었다네
알이 굵은 연필이나 면도칼을 들고
적이 선을 넘기만 기다렸지
적에게 먹칠을 하거나 적의 물품을 노획하려고
레이스 달린 치마를 고집했던
그 표독한 여자아이에게는 어째서 그토록
넘어올 게 많았는지
공책 한 귀퉁이에서 머리띠까지
동족상잔의 결과로 무참히 잘려나갔네
담임이 우리 사이에 설정해둔
책상머리에서 인위적으로 강제적으로 그은 선
왜 그걸 삼팔선이라 부르는지 이제야 알겠네
그때 넘어온 건 그 아이를 대신하는 물신(物神),
내가 평생을 기다렸던 광땡이었다네
그 아이는 넘을 수 없는 선을 넘어
내게로 월남했던 거라네

할머니가 익어간다

청국장은 고구려 전사의 음식이라고 한다 짚으로 만든 주머니에 콩을 담아 안장 아래 두면 콩이 발효된다 말의 체온은 42도, 달리지 않아도 이미 숨 가쁘다 들숨과 날숨 사이에서 노랗게 굳은 요구르트다 장판 아래로 번지는 파문이다 거기 어머니의 어머니, 어머니의 어머니의 어머니가 계신다 자잘한 콩들처럼 바글거리는 어머니……들

아랫목에서 익어가는 청국장 냄새를 할머니 냄새라 말하지 마라
저승, 그 미지의 땅을 정복하러 가는 전사의 비상식량이다

험한 세상에 다리가 되어 1

내 어머니가 회장으로 있는 한나회, 거기 소속된 권사들 중에는 성추행으로 쫓겨난 다른 교회 목사의 엄마도 있는데, 어느날 그분이 말하길 "하나님이 내 아들에게 이런 시련을 주신 것은……" 뭐 하나님이 특별히 바지 벗기고 육봉을 때리는 변태도 아니고 제 스스로 발기인이 되어 피안으로 건너간 것인데

그 목사, 에스겔처럼 날마다 모로 누워 울었다고 하는데 "왼쪽 눈에서 흐른 눈물이 콧등을 타고 넘어 오른쪽 눈에서 흐른 눈물과 만나기도"* 했던 건데, 그렇다면 콧등이 이쪽의 물길과 저쪽의 물길을 이어주는 다리가 되기도 했다는 얘긴데, 이봐 물을 건너라고 했더니 어째서 물을 건너게 해주는 거야?

그렇다면 그건 금수장모텔의 물침대 같은 것이었으려나? 작은 아기 하나가 출렁이며 차안으로 건너오는 바로 그 순간, 금수 같기도 한 그이와 금수강산 같기도 한 꽃무늬 벽지를 교대로 보는 슬픔 같은 것? 사방에 꽃들이 떠가는

눈부신 한낮에, 우리는 나란히 누워, 목사보다도 성스러워
져서는……

* 에스겔은 하나님의 명령에 따라 190일 동안은 왼편으로, 40일
  동안은 오른편으로 누워서 자야 했다.
* 강연호, 「그대 있어야 할 자리에 2」에서.

험한 세상에 다리가 되어 2

나 대학 시절 엠티 갔을 때, 술에 취한 한 친구가 참치 캔 따다 베인 손가락으로 민박집 안방 벽에 제 이름을 쓰고는 그 밑에 너를 죽이고 싶다……고 썼지 그는 제 이름 위에 자의식을 칠하고 그 위에 피를 칠하고 다시 그 위에 자의식을 칠했던 거지만 그것도 남의 집 안방에서

물걸레 들고 그걸 지우던 나는 하도 약이 올라서, 너를 죽이고 싶다……고 따라 썼지 나는 그 친구 이름 위에 물을 칠하고 그 위에 걸레 붓으로 글씨를 쓰고 다시 그 위에 물을 칠했던 거였는데 친구는 지우면 쓰고 지우면 쓰고 우리는 무슨 숨바꼭질 같았는데 남의 집 안방에서

피는 물보다 진하다는 말이 그거였을까, 여간해서 지워지지 않던 그 글씨는? 민박집 주인은 자다 깨어 얼마나 놀랐을까 벽에 너를 죽이고 싶다……고 쓰는 손가락이 나타났다면

걸레를 입에 물고 말하는 기분이 그랬을까, 한때 순면이

었던, 내 몸을 지척에서 감싸던, 그 부드럽고 순한 구린내가
손가락을 따라가며 이 화상아 화상아, 철썩거렸을 테니

　우리가 꿈속 귀신이 되어, 죄인이 되어 그 집을 나설 때
방구석에 있던 걸레는 바짝 말라서 다시 부풀어오르고 있
었지
　자의식처럼
　눌러도 눌러도 새로 돋아나는
　순정한 한때처럼

험한 세상에 다리가 되어 3

1

애인과 제주도 놀러 가서 렌터카에 딸린 내비게이션에
우도를 입력했더니 목적지는 뜨는데 경로를 못 찾는 거라,
뭐 이런 엉터리 내비가 다 있냐고 투덜댔는데, 렌터카더러
헤엄을 치라고 했으니 내비게이션은 얼마나 황당했을까 자
유영이나 배영을 가르친 적도 없는데

또 한번은 춘천에 놀러 가는데, 새로 뚫린 경춘고속도로
를 타려고 했더니 고물 내비가 길을 못 찾는 거라, 에라 눈
대중으로 미사대교를 넘어가는데, 내비에서는 내가 강물
위를 둥둥 떠가고 있었지 내비게이션은 또 얼마나 황당했
을까 기어이 자유영으로 도강을 했으니

2

바람 부는 날 옥상에 널어둔 이불이
춘삼월 호시절 다 데리고 하늘로 날아가듯
거기 그려진 꽃무늬 따라
아이나비라고, 디지털 나비 한마리

팔랑거리며 물을 건너듯
그렇게 우리도 피안으로 건너갈 때가 있지
그것이 자유영이든 평영이든

성북구 스포츠타운에서는
어머니가 한창 접영을 배우고 계시네

조마루감자탕집에서

부장님은 이곳에 없다
눈발처럼 날리는 결재서류 너머에 있다
올해 처음 내린 눈처럼 그대는 깨끗한 서류를 밟고 왔다
그대의 자존심은 척추까지 부러졌다
봐라, 골수가 다 새어나온다
이건 눈물이 아니야
참이슬 먹은 그대 눈에 더러운 이슬이 맺혔다
그대의 얼굴은 우거지처럼 풀이 죽었고
그대가 유지했던 형체는 젓가락만 대도 무너진다
부장님에게는 골다공증이 없고
부장님의 허리는 젓가락보다 꼿꼿하다
화탕지옥이야, 마누라만 아니면 여기 안 있어
아내는 먼 데서도 그대를 지탱해준다
눈발처럼 내미는 아내의 하얀 손,
그대는 금세, 끓는 수제비처럼 조금 부푼다
조금 부었다고 말해도 좋다
그대의 정신이 들깨처럼 천천히 풀어지는 동안
제 부피를 늘리다가 졸아붙는 국물 속에

감자만이 멀뚱멀뚱 놓여 있다
여기가 어디지? 하는 표정이다

김밥천국에서

김밥들이 가는 천국이란 어떤 곳일까,
멍석말이를 당한 몸으로
콩나물시루도 아닌데 꼭 조여져서
육시를 당한 몸으로
역모를 꾸민 것도 아닌데 잘게 토막이 나서

나란히 누운
치즈복자, 참치복자, 누드복자들
순교의 뒤끝에서 식어가는 밥알은
김밥들이 천국에 가기 위해 버려야 하는
헐거운 육신이다

김밥들이 가지 않는 불신지옥도 있을까
버려진 몸들답게 김밥들은 금방 쉰다
시금치는 시큼해지고 맛살은 맛이 살짝 갔지
계란은 처음부터 중국산이야

마음이 가난해도 천오백원은 있어야

천국이 저희 것이다

천국에 대한 약속은
단무지처럼 아무 데서나 달고
썰기 전의 김밥처럼 크고 두툼하고 음란하지
나는 태평천국의 난이
김밥에 질린 세월에 대한 반란이라 생각한다

너희들은 참 태평도 하다
여전히 천국 타령이나 하고 있으니
복장 터진다는 말은 김밥의 옆구리에서 배웠을 것이다
소풍 가는 날에 비가 온다는 속담도
쉰 김밥이 가르쳐주었을 것이다

깨소금이 데코레이션을 감당하는 그 나라,
김밥천국
자기들끼리만 고소한 그 나라 바깥의
불신지옥

오징어 나라의 오징어 왕

잘게 썰린 불특정 다수의 오징어들이
첩, 첩,
소리 내며 한쪽으로 쏠린다
파도 소리 같다
이곳은 오징어 나라
살아서도 대중이었던 오징어들이
다리, 몸통, 머리 구분 없이 자잘해져서
형광등 아래 모여 있다
초고추장과 바다 사이에서
우리도 분무기처럼 떠든다
우리는 우리가 뿜어낸 먹물이다
오징어는 다리와 몸통 사이에
머리가 있다
생각하는 사람 같다
어쩌다 여기까지 왔을까, 우리는

오징어들에게 배후가 있다면
심해에 사는 대왕오징어일 것이다

오징어 눈은 인간보다 잘 작동하는
고성능 카메라다
어쩌면 오징어들은 오징어 왕이 보낸
간첩들 아닐까
뭍에도 첩, 첩,
소리 내는 자잘한 자들이 산다고
가서 좀 보고 오라고
이곳은 오징어 나라
형광등 아래 모여 우리는 환한 접시가 된다
여전히 주광성(走光性)이다

24시 양평해장국

내 앞에 앉은 그대는 방금 안사람과 헤어졌다
핸드폰을 닫는데, 이 인간 들어오기만 해봐라……
보조키 걸어 잠그는 소리가 났다
그대가 다섯번째 밥을 허겁지겁 떠 넣는 건
네번째 끼니를 잊어서가 아니라 그냥 연금저축이다
첫사랑은 500cc 거품과 함께 사라졌고
독재자와 장사꾼과 모리배들은 불판 위에서 다 탔다
그대가 탁자를 탕, 치자
막걸리가 장마철 탁류처럼 솟아올랐다
친구들은 유수지로 물 나가듯 빠져나갔다
저 인간 다시 만나나봐라…… 제법 격류였지
겨우 보내고 달래어 앉은 자리에서
찢긴 북어와 풀 죽은 콩나물 사이에서
그대는 다시 첫사랑으로 돌아와 운다
고개 숙인 그대의 머리가 잡초 솎아낸 밭 같다
어린 남자로 위장한 그대 뒤에
구조조정이 있다는 걸 나는 안다 그대가
구직과 실직을 혼동하고 있다는 걸 안다 그대도 안다

분별 있는 우리 사이로 분별 있는 새벽이 온다
그대는 느릿느릿 집으로 간다
그대는 헤어진 안사람이 다시 받아주리란 걸 안다
출근하는 사람들 사이에서 그대는 자러 간다
야근과 당직을 마치고 퇴근하러 간다

우동을 먹으며

내가 그 긴 면발 앞에서 그녀를 생각한다고 말하면
당신은 당장 쓰다듬을 머릿결을 떠올리겠지만
그녀가 무슨 백발마녀도 아니고
내 기억이 백년쯤 된 것도 아니고

그녀의 머릿결과 닮은 건 풀어진 김이라고 내가 고쳐 말
하면
당신은 또 술 취한 여자와 방금
무언가를 놓아버린 그녀의 손끝을 상상하겠지만
그녀가 고주망태도 아니고
내가 토사물 쪼아 먹는 비둘기도 아니고

그녀가 어묵처럼 고소하다고 다시 내가 말하면
어쩌면 당신은 나와 그녀 사이에
잘게 다져진 추억이 있을 것이라 짐작하겠지만
그녀가 어두육미도 아니고
내가 용두사미도 아니고

내가 그녀 앞에서 유부처럼 웅크렸다고 말하면
당신은 손바닥으로 나를 툭 치며,
힘내, 사내 녀석이 무슨…… 하겠지만
나는 이미 유부처럼 풀어졌고
면발은 다 먹어버렸고

그래도 그녀가 준 한그릇 뜨끈한 힘을 얻고
나는 심야버스로 돌아갔습니다
어서어서 자러 갔습니다

제3부

첫사랑

어머니에게 목 디스크가 왔다 하필이면 오른손에 왔다
새벽 기도 20년 만에 왼손이 하는 일을 오른손이 모르게
되었다
그동안 수고 많았다고 깜깜 어둠이 악수를 건네려는 건지,
사방이 인적 끊긴 놀이터가 되었다
이제 단풍놀이 가는 버스 안에서 막춤을 출 수도
고스톱 치며 상대가 싼 거 먹을 때
마음의 박수를 대신해서 따귀 소리를 올려붙일 수도 없
게 되었다
어머니에게 목 디스크가 왔다
행주 잡은 손으로 플러그를 뽑은 것처럼
스치기만 해도 저릿저릿하다고 한다
처음 집 앞 놀이터로 아버지가 찾아왔던
57년 전과 똑같다고, 그때 스친 손끝 같다고 한다
다소곳한 고개를 다시 들 수 없게 되었다고 한다

짝사랑

파리는 파리끈끈이를 거들떠보지 않는다 녹여 먹을 수도 없고 알을 낳을 수도 없기 때문이다 파리에게는 그걸 끌고 가져갈 둥지도 없고 앞에 두고 비손할 생각도 없다 파리는 오직 끈끈이 옆에 놓아둔 음식에만 관심이 있다 아무리 맛 없는 척해도 파리는 음식을 노리고 날아오고 아무리 손사 래를 쳐도 파리는 잠시 날아올랐다가 한사코 돌아온다 돌 아오다가, 단번에 앉기가 쑥스러울 때에만 끈끈이 위에 앉 는다 사뿐히 앉았다가 정중히 가려고 거기에 앉는다 그것 이 영원인 줄 모르고 앉는다 파리의 사모는 거기서 끝이다 파리는 끈끈이를 끌고 음식까지 갈 수 없다 끈끈이를 다 우 그러뜨리고 팽개치고 갈 수 없다 음식에 대한 생각으로 치 자면 파리보다 끈끈이의 것이 더 크기 때문이다 지나고 보 면 파리는 음식보다 끈끈이 위에 새카맣게 붙어 있다

포장마차는 나 때문에

견디고 있다는 생각이 든다면
당신은 누군가를 그리워하고 있는 것이다
포장마차 가본 게 언제인가
포장마차는 나 때문에 견디고 있을 것이다
크기에 빗댄다면
대합탕 옆에 놓인 소주잔 같을 것이다
방점처럼, 사랑하는 이 옆에서
그이를 중요한 사람으로 만드는
바로 그 마음처럼
참이슬은 조각난 조개의 조변석개를 안타까워할 것이다
천막을 들추고 들어가는 들큼한 취객의 등이여,
당신도 오래 견딘 것인가
소주병의 푸른빛이 비상구로 보이는가
옆을 힐끗거리며
나는 일편단심 오리지널이야,
프레쉬라니, 저렇게 푸르다니, 풋, 이러면서
그리움에도 등급을 매기는 나라가
저 새벽의 천변에는 희미하게 빛나고 있을 것이다

언제든 찾아갈 수 있지만 혼자서는 끝내 가지 않을
혼자라서 끝내 갈 수 없는 나라가
저 피안에서 취객의 등처럼 깜빡이고 있을 것이다

추리닝과 함께 상추와 삼겹살과 함께

머리 묶은 그대와 뚱뚱한 그이
라고 말하면
이 옥상에 하객들 전부를 불러 세울 수 있지

머리띠와 아랫배 사이
중년과 초로 사이에서
삼겹살은 인신공희에 바쳐진 늙은 신 같다
어서 와
내 옆구리 두점 먹어봐, 이러다가
다시 보면 엎드려 웅크린

그렇다면 죽은 신을 지명하고 배분하고 나르는
상추는 젊은 무당,
불에 탄 죽음과
불이 타는 잔과
마늘과 쌈장을 얹은 제기들 앞에서

머리를 풀고

머리를 풀고

늙은 신의 본풀이 끝에
물기를 다 쏟고 늘어진 어린 무당 뒤로
반바지와 추리닝들이
가위를 들고 모여든다

시간의 아가리에서 걸쭉한 침이 흐른다

야쿠르트 아줌마와 중국집 청년

야쿠르트 아줌마는 초식성,
순한 짐승처럼 배급소에 말뚝을 박고는 동네를 맴도네
배급소와 아줌마 사이의 거리는 반지름,
보이지 않는 줄 하나에 매여
온 마을을 돌면서 원주율을 만드네

파이다, 파이야
이건 살점을 갈아 넣은 조그만 음료야

중국집 청년은 투덜대길 좋아해서
소음기 뗀 오토바이를 몰지
배급소는 하나지만 중국집은 곳곳에 있어서
밤이 되면 취객 지나간 자리처럼
붉은 국물이 골목에 엎질러지네

짬뽕이다, 짬뽕이야
오는 광복절에는 서울 시내를 다 돌아야지

동그라미와 면발이 만나
그물 동그라미 아니면 동그란 그물이 되었네
온 동네 살점이 그 줄에 걸렸네
아줌마는 모르는 소식이 없고
청년은 안 가본 곳이 없네

거미줄에 걸린 벌새처럼
왕왕대면서
마을버스 한대가 가다 서다를 반복하네

환절기

몸의 절반이 봄으로 건너가지 못한 여자가 있다 그녀의
왼쪽은 가로등을 꺼버린 골목길이다 모세혈관마저 캄캄하
게 돌아 나오는 길을 잊었으므로 그곳엔 지금 처음 남자에
게 안겼을 때의 체온과 첫 입술이 서성이고 있다 심장도 쿵
쾅거리며 돌아다니고 있다 누군가 왼쪽으로 넘어가는 다
리를 끊어버렸으므로 그곳엔 녹지 않은 눈과 시어머니, 남
편, 딸들이 나란히 눕던 단칸방이 있다 선산으로 시댁으로
떠나보낸 상여와 가마는 여전히 그곳을 떠나고 있다 그녀
의 오른쪽은 예순세번째 봄이지만 왼쪽은 먼저 간 남편에
게 세를 내준 것 같다 그와 나란히 누워 있는 것 같다 아니
왼쪽이 먼저 가서 함께 누운 것 같다 절반은 잔설이고 절반
은 새잎인 연옥의 하루, 오른쪽 절반이 이끄는 대로 끌려가
는 왼쪽이어서 그녀는 어쩔 수 없는 우익이다 지난번 다녀
간 딸이 해준 눈썹 문신만 사철 푸르다 이제 아이라인도 그
릴 필요 없어, 딸 덕분에 왼쪽 절반에도 자랑처럼 무성하게
돋아난 그런 풀이다*

* "자랑처럼 풀이 무성할 거외다."(윤동주, 「별 헤는 밤」에서)

불멸

성게는 가끔 무성생식을 한다 짝이 없어도 주니어를 낳는다는 말씀 아니, 정확히는 어린 자신을 낳는 거지 누군가 알 맛을 보기 위해 밤송이를 까듯 몸을 뒤지기 전까지, 성게는 긴 족보를 혼자서 작성해나간다 아브라함 성게가 아브라함 성게를 낳고 그가 장성하여 다시 아브라함 성게를 낳고…… 영생이란 아메바나 짚신벌레, 기껏해야 성게나 도마뱀의 삶을 누리는 거라고! 그래서 노인들은 중얼거리는 것이다 늙으면 죽어야지…… 그건 성게처럼 살지 않고 유성생식을 하겠다는 말씀, 그래서 노인대학에서는 오늘도 로맨스가 그치지 않는 것이다 밤송이처럼 뒷방에 웅크려 살지는 않겠다는 것이다

애모

회상과 애모와 장미 가운데 어디가 좋을까?
애모로 가자 회상은 옛날 일이고
장미는 부담스럽구나 하지만 어디를 가든
너는 식탐이 심한 미녀를 만나게 되리라
오빠, 나 과일 먹어도 돼?
오빠, 나 오징어 한마리만……
비음이 심한 청구서 뒤에 숨은 핑크빛 미녀들,
이십년 만에 다시 만난 첫사랑 같은
아니 이십오년 만인가? 어쩜, 몰라보게 달라졌네
가만히 앉아 있어도 어깨가 닿네
관촉사 은진미륵을 사모해왔는데 여기에도
원만구족한 미소가 있네
네가 그토록 애모했던 것, 그건 청춘이 아니라
청춘이 문 닫고 떠난 뒤에
다시 문을 벌컥 열어젖히는 것
한번 그래보는 것
오빠, 아 해봐…… 청춘이 주는 미끼를 덥석덥석
받아먹는 너

가짜 양주나 홀짝이다가 기어이
제 눈물을 홀짝이는

서해에서

인간이 버린 것들을 천천히 되밀어오는 해안
나의 해안선은 늑막염처럼 쓰리다
모래에 묻어둔 병은 담장에 박아둔 병과 똑같이
경계를 넘는 이들의 발을 베어버린다
나는 오래 일몰에 길들여졌다
필라멘트 끊어지기 전의 한순간
물에 던져 넣은 백열등 하나, 항응고제처럼 잦아든다
그러니, 그런 것이다, 누가 손을 넣어
가슴의 불을 끄는 때가 있는 것이다
상한 우유처럼 철벅이는 파도 앞에
드문드문 귀신들이 서 있다
자꾸 쓸려가는 자신의 그림자가 위태로워 못 떠나는가?
흔적과 연애하는 자가 귀신이다
파도는 스팸 전화처럼 자꾸 와서는
여보세요, 말하기 전까지 침묵을 지킨다
말도 안돼, 자백을 강요하는 장사꾼이라니
하지만 가당치 않다고 할 때의 바로 그
얼토와 당토야말로 귀신의 영토다

지워질 때에만 모습을 드러내는 강역이다
상한 우유처럼 나는 누설해야 한다
이곳은 너무 눅눅하다고
내일이 되어도 일출은 볼 수 없을 거라고
서성이던 귀신 하나가 다가와
아저씨, 불 좀 빌립시다, 말을 건다

조개구이집에서

억울하기로는 석쇠 위의 조개만 한 게 없겠지
튼튼한 갑옷이 프라이팬이 되었으니
석탄기 지층도 아닌데 층층시하가 불구덩이라니
부글거리는 소금물은
까무러치기 직전의 며느리 같아서
조개는 뻐끔거린다 가끔 뻥, 터지기도 한다
헐크처럼 패각을 깨부수는 소리다
그래봐야 불판에서 나갈 길은 없지만
어머니, 또 우리 석준이 옷 아가씨한테 갖다 줬어요?
서방님, 용돈은 이틀 전에 드렸잖아요?
잠시만 한눈을 팔아도
조개는 새카맣게 타들어간다
헐크처럼 찢어발길 옷도 없다 명절 지나면 기제사
제사 지나면 생일상, 어찌 보면
오종종 모인 조개들은 제기(祭器) 같기도 하다
양념장과 치즈로 색을 낸 홍동백서다
키조개와 떡조개로 대신한 좌포우혜다
집게 들고 목장갑 끼고 차려낸 제상,

연탄가스를 후광으로 두른 조개구이집

고려삼계탕집에서

네이키드 치킨이야, 올 누드야
부끄러워서 머리를 숨겼어
죽지 아래 묻었는데 깃털을 뜯다 함께 버렸나봐
너무 추워서 소름이 돋았어
벗은 등을 타고 뜨거운 물이 흘렀지만
고려장이야,
병아리떼 뽕뽕뽕 따라다니던 시절은 잊었어
40일 숙성 코스를 끝내고
굽은 등을 하고 산삼 캐던 시절로 돌아가고 있어
불은 찹쌀을 잔뜩 먹은
네이키드 치킨이야, 엎드린 누드야
삼복(三伏)이니 두번 더 넘어져야 해
부끄러워서 두 다리를 꼬았어
그래도 단심(丹心)이야 타는 마음이야
달걀 대신 대추를 품었어
그래서 그대가 이열치열이라면
계륵이 되어도 좋아 계륵으로 남아
스테인리스 그릇에 담겨도 좋아

그대 입이 닿는다면 후끈,
달아오른다면

어머니는 나뭇잎처럼 뒤척인다

어머니는 코라다 이름 붙일 수 없는 이름이다 길짐승과
바람이 허물어진 울타리를 드나들었다 아래턱 여러곳에 나
사못을 박았지만 다 막을 수가 없었다 코라는 새어나온다

누설은 물풍선 같아서 축제 때 터뜨려졌다 얼굴 주변에
박아둔 못 때문에 우리는 흠뻑 젖었다 지금 어머니는 잘 마
른 나뭇잎이다 두걸음에 한번씩 버석거린다

어머니는 내게 보낸 엽서다 안 와도 돼, 바쁜데 뭐, 서둘
러 전화를 끊는다 코라는 천천히 티브이에 눈을 돌린다 목
사들과 고부(姑婦)들이 끝없는 이야기를 준비하고 있다

엽서엔 도장이 찍혀 있다 성북우체국에서 검버섯을 찍어
보냈다 주민쎈터에서는 다달이 팔만원을 준다 어머니는
코라다 팔만원짜리 불면증이다 나뭇잎처럼 어머니가 뒤척
인다

호랑이가 온다 1

건넌방 아줌마는 남묘호렌게교 신자였다
하루 종일 남묘호랑이를 외웠다
그 집 아저씨는 파킨슨병 환자,
누우면 떨고 걸으면 섰으며 밤에는 깨어 있었다
남묘호랑이, 남묘호랑이…… 남쪽 묘지에 호랑이
호랑이는 뭐 하나 몰라, 저이 좀 안 잡아가고
이웃 사람들이 수군거렸다
남묘호렌게교는 나무묘법연화경의 일본식 발음,
말하자면 일본과 미국이
호랑이와 사시나무가 한집에 살았던 셈인데
남묘호랑이, 남묘호랑이…… 남쪽 묘지에 호랑이
내내 호신(虎神)을 청원하던 아줌마,
어우 씨발! 대신 으르렁거리고
제자리걸음으로 남행하던 아저씨는
또 얼마나 열심이었을까
아무리 기도해도 지상이라고
저 창가에 햇살 올가미를 누가 좀 당겨달라고

호랑이가 온다 2

호래아들은 홀의, 아들
불굴의 의지로 최선을 다해 망가지는 어린것 일명 싸가지
세상의 모든 아들들, 욱하고 가출하고
택배를 가장해서 집으로 전화를 건다
여보세요, 영철이니? 영철아, 너 영철이 맞지?
세상의 모든 어미들 애를 태워도
말 거는 전화는 경찰서에서만 온다
내가 범의 새끼를 키웠구나,
세상의 아비들 탄식할 때
호래아들은 제 말 하는 줄 알고 그제야 온다
일수를 찍듯 꼬박꼬박 받아가는
용돈의 끝에는 목돈이 있다
사업 한번 해보려는데 협조가 없네 협조…… 일명 싸
가지
　세상 나올 때 탯줄은 이미 끊었는데
　어미 아비들 제 애를 이미 태웠는데
　호래아들은 잊을 만하면 찾아온다, 잊을 만하지 않다
　오늘도 세상 곳곳을 누비며

불굴의 의지로 최선을 다해 망가지는 어린것이 있어
세상에는 청소년 출입금지 구역과 입시학원이 있는 것이다

오호십육국 시대

1. 오호(五胡)

해내(海內)에 다섯 민족이 있다

첫째가 베드타운인(人)이다 수렵과 채집을 위주로 이리저리 옮겨다녀서 자는 곳과 먹는 곳이 일정치 않다 둘째가 아파트족(族)이다 혈거생활을 하는데 일사불란이면서도 위아래 양옆에 누가 사는지 알지 못한다 위에서 어린것이 쿵쾅거릴 때에만 부족이 융성함을 짐작할 뿐이다 코시아인(人)이 셋째다 어족의 갈래가 분명치 않으며 이들이 구사하는 언어는 중국어와 같은 고립어여서 조사가 없다 넷째를 수로부인(人)이라 하는데 평야에 물길을 내어 벼농사를 짓고 산다 이촌향도 현상 때문에 아파트족과 베드타운인으로 편입되는 이들이 늘어서 존망의 위기를 맞고 있다 마지막을 삐끼족(族)이라 부른다 상업에 종사하는 해양민족으로 구전의 소중함을 알아 복리이자처럼 날로 불어나는 중이다

2. 십육국(十六國)

해외(海外)에 열여섯 나라가 있다

동해 너머 광장국(廣場國)에는 몸의 앞쪽 절반만 있는 사람들이 산다 큰 수레를 밀며 길을 가는데 음주가무를 좋아해 노래가 끊이지 않는다 그 동쪽 여고국(女高國) 사람들은 번데기처럼 변태를 한다 춘분과 추분 그리고 등하고 때가 되면 큰 껍질을 벗고 새로 태어나는 불사인들이다 대리국(代理國)이 여고국의 옆에 있다 이곳 사람들은 눈이 올빼미처럼 크고 고개가 360도로 돌아가며 남의 집 처마 아래서 잠을 잔다 동쪽 끝에 이르면 해가 뜨지 않는 나라가 있는데 이를 피씨국(彼氏國)이라 한다 이곳 사람들은 무릎이 좌우 안으로 굽어 바로 설 수 없으며 팔이 셋인데 그중 하나는 마우스다

서해에서 처음 만나는 나라는 초식국(草食國)이다 이곳 사람들은 전부 남자이며 모든 이가 어금니다 반면에 건너편 여인국(女人國) 사람들은 전부 여자다 이곳의 주식은 보리 음료와 건어물이며 무릎 나온 바지를 입고 산다 서쪽으

로 더 가면 엄친국(嚴親國)이 나온다 이곳 사람들은 자웅동체여서 후손을 낳을 때가 되면 혼자서 자기 방에 들어간다 이 방을 선우라 부른다 서쪽 끝은 늘 해가 지는 곳인데 누저국(陋低國)이 인근에 있다 이곳 사람들은 키가 오척을 넘지 않으며 반지하에서 살고 궁기로 치장하기를 좋아한다

　남해로 나가면 처음 만나는 나라가 삽질국(揷質國)이다 해내로 자식을 위장전입 보낸 아비 하나가 그리움에 못 이겨 큰 삽으로 흙을 퍼 강이란 강을 죄다 메우고 있다 그 너머에 고소영국(高所嶺國)이 있는데 이곳 사람들은 다리가 넷이요 집이 여섯이며 군이 면제다 강부자국(江富子國)이 인근에 있는데 둘이 같은 나라라 말하는 이도 있다 어린지국(魚鱗支國)이 그 남쪽에 있다 이곳 사람들은 몸에 어린이 돋아서 민망한 짓을 잘하며 그 말은 짖다 만 영어 같다 남해의 끝은 태양에 가까워서 사철 물이 끓고 비가 많다 북벌국(北伐國)이 이곳에 있는데 이곳 사람들은 머리가 호두만하고 팔이 넷인데 각 팔에 창과 검과 활과 화살을 들고 태어난다 동족을 먹을거리로 여겨 나면서부터 형제끼리 싸운다

　북해의 밖에 안습국(雁濕國)이 있다 이 나라에는 아이를

낳으면 부인을 딸려 원방에 보내는 관습이 있어 아비의 눈물이 마를 날 없다 북으로 더 가면 명퇴국(名退國)이 나온다 이곳 사람들은 목 위가 없어서 젖꼭지로 보고 배꼽으로 숨을 쉰다 말을 할 때에는 숨을 멈추어야 한다 그 옆에 계약국(契約國)이 있는데 이곳 사람들의 평균 수명은 2년이다 백일에 결혼하고 첫돌에 아이를 낳으며 500일에 은퇴한다 북해의 끝은 사철 춥고 밤이 길다 이곳에 십장생국(十長生國)이 있다 이곳 사람들은 불로인이어서 내내 청년으로 산다 칠순에 취업을 하고 미수에 은퇴를 하는데 그후에도 수십년을 더 산다

3. 시대(時代)

닭의 모가지를 비틀면 그냥, 닭이 죽는다
새벽하고는 아무 상관이 없다

제4부

몸속을 여행하는 법 1

제국을 가로질러 북에서 남으로

긴 탁류가 하나 흐르니 이름을 요하(尿河)라 한다

5급수여서 먹을 수 없다

하루에도 몇번씩

직행버스가 요도를 오르내리는데

길이 좁고 낙석과 결석이 떨어져내려

늘 조마조마하다 끝에는 큰 폭포가 있어 서너시간마다

튀는 물과 지린내로 장관을 이룬다

도보를 이용하려면 산길을 타넘어야 한다

백두대간이 두번 꼬인 S자 모양으로 뻗어 있으나

네번째 정간에서 습곡과 단층이 생겨

나라 전체가 쭈뼛쭈뼛하기도 한다

정간에서 흘러나온 정맥들이 온몸에 퍼져 있는데

가축 분뇨와 생활하수에 오염되어

기름이 둥둥 떠다닌다

육식과 음주가무의 흔적이다

폐허는 이곳 도시들의 왕이다

시멘트와 콜라겐을 섞어 세운 골조들에는 바람이 들어

언제 무너져도 이상하지 않다
청춘이 세운 숲을 도시가 야금야금 파먹었으니
식목일은 기념일로만 남은 지 오래다
그대 나라를 이 안에 심은 지 꼭 십년째로구나
그래도 영토 욕심은 줄지가 않아서
이름뿐인 제국은 열개나 되는 길을 냈다
둘은 지름길이어서 엄지라 불린다
여국(汝國)의 사신들이 그 길로 왕래한다
제국은 답례품으로 두개의 수정 구슬을 준비했다
여국이 반심을 품으면
울컥울컥 소금물을 쏟아내는 보물이다
제국은 기울어가고 있지만 끝내 기울 테지만
정북에 있는 행정중심복합도시와
중앙에 있는 수도는 내치와 외교에 열심이다
오늘도 제국은 요하를 흘려보내어
여국 쪽으로 영토를 조금 옮겼다

몸속을 여행하는 법 2

제국에 들려면 구규(九竅)라 불리는 관문들 가운데
하나를 통과해야 한다
북쪽에 일곱, 남쪽에 둘이 있는데
전자는 대륙으로 통하는 관(關)이고 후자는 항구다
위의 일곱곳은 자유무역지대다
식량과 문물과 소문이 관세 없이 교환된다
행정중심복합도시가 이곳에 있는데
원래는 복개한 납골당 자리였다
아래 두곳은 쓰레기 매립지 위에 건설해서
악취가 이만저만이 아니다
요하와 구절양장이 부지런히 냄새를 실어 나른다
가운데 수도가 자리 잡았는데 매양
여국(汝國)을 향해 두근댄다
제국은 내내 서향(西向)이고
백두대간이 동쪽에 바투 솟아 있어서
영동이 좁고 영서가 넓다
청춘은 잠깐이고 이후로는 내내 일몰이란 증거다
제국의 전성기에는 강역이 끝도 없어

지평선과 수평선이 흥청망청 뻗어나갔다
후에 분국(分國)들이
수도의 가렴주구에 들고일어났다
이제는 간도 잃고 쓸개도 빠진 꼴이어서
북쪽 국경의 고원지대에선 봉두난발이 자라고
남쪽 국경의 평야지대는 파자마의 원산지다
그 사이로 우수마발과 견원지간이 들고 난다
제국은 지금 저녁이다
저녁은 이녁의 반대말이어서
저쪽도 이쪽도 되지 못한 우유부단과 우왕좌왕이
제국의 신민이다
그렇게 제국은 작아진다
그렇게 제국은 사라진다

운명의 힘

혈압이 길 가던 아버지를 불러 세웠다
골목에서 삥을 뜯던 불량배처럼
운명이 뒤에서 아버지 머리를 후려쳤다
나오면 백원에 한대다,
주머니에서 정말로 동전들이 굴러나왔다

됐어, 이제 가봐
운명은 너무 일찍 그를 귀가시켰다

스무살 내가 골목에서 그녀와 동행할 때에도
운명은 5센티 이내를 허락하지 않았다
손등이 두번 스쳤을 뿐이다
닿을 수 없는 거리의 이름이 지척이었다
운명은 집 앞에서 초조하게 기다리던
큰오빠의 모습을 하고 있었다

넌 뭐 하는 놈이냐?
운명이 내게 말을 걸어왔다

할머니는 마루에 앉아 우아하게 담배를 피웠다
떨어진 재가 마루에 배광(背光)을 그렸다
성(聖) 조모께서는 자세 한번 고치지 않고
하루 종일 자리를 지켰다
운명이 주변에 운집했다

주여, 어디로 가시나이까?
운명이 따라다니며 물었다 네가 모르는 곳으로 간다,
조모가 대답했다

이불을 들추면 운명이 웅크리고 누워 있었다
얇게 코를 고는
그러다 볼륨을 확 높이고야 마는
으이그, 내가 못살아!

운명은 그 말을 기다리고 있었다

천변의 고수들

이두박근(二頭膊筋),
삼두박근(三頭膊筋),
은 아니라 해도
여기엔 사음보로 두근거리는 내공이 있다
용당전신(勇當全身),
이것은 앉아서 제 몸을 들어 올리는 힘이니
제 머리 깎는 중의 내력이요
용당반신(勇當半身),
이것은 누워서 몸을 나누는 힘이니
노동과 휴식을 겸하는 분신술이며
허공답보(虛空踏步),
이것은 허공을 걷는 힘이니
물 위를 걷는 일보다 진일보한 경공이다

양대흉근(兩大胸筋),
육두복근(六頭腹筋),
은 아니라 해도
여기엔 가늘고 긴 복식호흡과 단전호흡이 있다

현수수평(懸首水平),
이것은 수평선에 머리를 걸쳐두는 힘이니
미래를 내다보는 안목이요
좌고우면(左顧右眄),
이것은 정면을 보면서 좌향좌 우향우 하는 힘이니
시류에 흔들리지 않는 절개이며
육지선원(陸地船員),
이것은 땅 짚고 헤엄치는 힘이니
순풍에 돛 단 인생이다

아 여러 갑자를 건너가려는 저들의
지고지순이여,
그 소망을 대신하는
폐와 위와 간과 췌장과 유방과 자궁과 전립선에 바글바
글한
암세포들의
무한증식, 영생불멸이여

개가 되어가는 늙은 모자

이 모자의 처음 주인은 은퇴한 신이었을 게다
볕이 아니라 눈을 가리려고
챙은 커다란 귀처럼 늘어졌다
그러자 모자는 토사구팽의 늙은이가 되어
앞발을 다소곳이 모은다
한때 모자는 환히 피어올라서
운발(雲髮)이라 불리기도 했지 눈 아래
영애 하나를 종으로 부리는 뭉게구름이었다
이제 털갈이하는 늙은 모자는
눈 어두운 노파의 앞잡이 노릇도 힘에 부친다
그가 하루 종일 하는 일이란
문간에 앉아 눈물과 햇빛을 섞어
눈곱을 만들거나 주인이
감자탕집에서 얻어온 뼈다귀 하나를
핥고 또 핥는 것
하지만 개가 되어가는 저 모자,
여섯개나 되는 젖을 출렁이는 다산성이어서
까맣고 털 없는 나이키 새끼들이

품 아래 바글바글 매달려 있다

비와 라면이 있는 풍경

빗길을 걸어 귀가했다 발가락이 전화 받느라 잠시 놓아
둔 라면처럼 불어 있었다 빗소리는 비등점의 물만큼이나
소란했으나 이내 잦아들었다 젓가락 내려놓는 소리로 전화
를 끊은 사람, 장마전선이 북상했으므로 다시 오기 어려울
것이다 전화선도 라면도 꼬불꼬불하지만 그런 비는 내리지
않는다 앞 동 베란다에 하나둘 불이 켜진다 벌겋게 달아오
른 마음이 점심(點心)이라면 이 저녁의 취사(炊事)는 무엇
이라 이름 붙여야 할까 베란다에 널어둔 빨래는 마르지 않
고 곰팡이만 달팽이관 안쪽에 새카맣게 퍼진다 어느새 어
두워졌다

비와 칼국수가 있는 풍경

빗물이 국수 가닥처럼 거리에 떨어졌다 너도 무언가를 놓아버렸구나 수평은 손가락이 놓친 수위이기도 하지 기울어진 국수 그릇이 흘린 얼룩처럼 109동 서쪽 벽면이 동쪽 벽보다 젖어 있다 내 오른쪽 어깨가 서쪽이라면 너는 왼쪽에 있었겠지 그러니까 심장 쪽에서, 너는 후후 불어가며 나를 마시려고 한 거다 슬리퍼에서 바지락 치대는 소리가 난다 우리가 지나온 길을 따라온 발자국이다 그렇게 패총(貝塚)이 쌓였고 그렇게 죽음 쪽으로 나는 한발짝 이동했다

삼국지 열전

노숙

소주병은 주둥이가 파랗게 언 철새들 같다
먼 나라 가기 전에 잠시 내려앉은
그 옆에 혹은 눕고 혹은 기댄
패잔병들의 연환계,
임전무퇴도 명퇴도 없다
살과 옷이 구별되지 않는 보호색이다
빨래와 한몸이 된 빨래판이다
혹은 계단을
혹은 석벽을
주물주물 비벼대는 대걸레다
가늘고 긴 자루를 보관하는
종이상자가 주소지다
본적지는 차압당한 지 오래다
지금은 난세니까
노란 옷을 입은 단속반원들이
황건적처럼 출몰하니까
나랏일을 맡은 자들이
십상시처럼 돈이나 밝히니까

소주의 수위가 줄어드는 것을 보며
노숙은 경국지탄의 딸꾹질을 한다
2호선 시청역은 온통 적벽이다
여기서 서울역은 지척이고
노을은 셔터처럼 내려온다
노숙은 전령이다
봄이 오기 전에 몇몇은
신문지에 적힌 소식을 들고
소주와 함께 멀리, 저 멀리 소주 땅까지
날아갈 것이다

삼국지 열전
주유

화공(火攻)에 당했나?
뒤꽁무니에 불을 달고
저녁 속으로 들어가는 차들,
쥐떼 같다
피리 부는 사나이라도 있다는 듯
웅크린 채 앞줄만 따라가는 근시다
아니, 저 앞에 있는 이는
삐끼일 것이다
풍선인간처럼 긴 팔다리로
길 잃은 이들을 끌어모으는
자본주의의 간자(間者)들,
여기서 다들 한바가지
목 좀 축이고 가시라고
부르는 곳에 멈추면
자다 깨다를 반복하는 어린 알바들이 있다
엉덩이를 찔러오는 비린 호스가 있고
다 끝났다고 건네는 손수건 크기의
휴지가 있다

일생 하나 지나가면 그게 만땅이다
엉덩이를 꼬집으며
알바가 속삭인다 유사휘발유에 속지 말라고
지금 출발하면
삶이 동남풍일 것이라고

짬뽕과 담배

짬뽕에서 담배꽁초가 나왔다 1988년으로 기억한다 만리
장성이라는 중국집이었다 아저씨, 이게 뭐예요? 어이구, 미
안합니다 주인은 그릇을 들고 나가서는 꽁초를 건져내고는
다시 가져왔다

우리는 담배 냄새가 밴 짬뽕 국물을 마셨다 1988년이었
으니까, 여전히 군부독재 치하였고 우리는 장성 바깥의 오
랑캐였고 짬뽕은 불타는 물이었으니까 짜장에 버무린 담배
라면 버렸을지 몰라도

꽁초처럼 타들어가는 나날, 술에 취해 우는 아버지 같은
나날이었다 아버지, 여기서 뭐 해요? 어이구, 미안하다 아
버지는 짬뽕처럼 엎질러져 있었다 조각난 마음이 바닥에
낭자했다

그해 내가 한 일은 노태우를 찍었다는 ROTC 선배와 절
교한 것, 88올림픽이 싫어서 88담배를 끝내 피우지 않은 것,
더이상 아버지와 대통령을 존경하지 않게 된 것

하지만 시대는 어디든 따라왔다 그토록 피해 다닌 꽁초를 짬뽕 국물 속에서 만나듯, 보증을 잘못 선 아버지는 또 한번 가계를 엎었다 대통령은 몇년 후면 TV에 나와서 나오지 않는 눈물을 닦을 예정이었고

이발소 괴담

빙빙 도는 이발소의 삼색등은 바람에 날리는 피 묻은 붕대를 재현한 거랍니다 방혈(放血)이라고, 몸에서 피를 빼고 나서 닦는 붕대죠 보통 한 파인트쯤 뽑았다고 하던데요 배스킨라빈스에서 아이스크림 담아주는 통 단위가 바로 파인트예요 등을 덮은 깃봉 모양의 뚜껑은 거머리를 담아두던 통이었다고 하죠 이발소가 왜 그렇게 무서웠는지 알겠어요 면도칼을 가죽에 슥슥 갈던 아저씨, 내 목을 따서 골라 먹는 재미가 있는 31가지 통 가운데 하나에 담아줄 것만 같았거든요 싱싱한 선지야, 떠먹어보렴, 뭐 이러면서요 이발소에서 이발만 하지는 않는다는 풍문도 있었죠 찰싹 달라붙는 옷을 입은 아가씨들이 손님에게 찰싹 달라붙어서 귓가에 뜨거운 김을 뿜었다고 하죠 타락한 자본의 거머리라고 손가락질 받기도 했죠 커피와 도넛이라고 아침부터 불면과 혈당을 파는 가게도 있으니 그런 이발소 하나 없으란 법도 없지요 가만 보면 삼색등은 프랑스 국기 같기도 해요 자유 평등 박애를 표현하는 색깔이죠 손님들, 누구나 찾아갈 수 있고 누구나 왕이었고 누구나 사랑받았으니 그게 대혁명의 정신 아니겠어요? 헤어디자이너는 꿈도 꾸지 못할 혁명이

저렇게 날리고 있어요

요단강 이야기

췌장암이라 했다 발견한 지 석달 만에 그는 요단강을 건 넜다 동맥이 암세포를 실어 나르는 곳이어서 나루가 아니 라 전진기지라 했다 정신 나간 돌연변이 세포들이 인해전 술을 흉내내며 바글바글 흩어졌다 ……여호수아가 언약궤 를 앞세워 요단강에 발을 들이자 강물이 멈춰 서서 맨땅이 드러났다 맨 처음 여리고 성으로 그다음엔 아이 성으로 쳐 들어갔다 ……뱃머리처럼 수술 칼이 배를 가르니, 핏물이 옆구리 양쪽으로 달아났다 아이고, 소리가 절로 났다 췌장 을 이자라고도 부른다 개복해보니 이자가 자본주의처럼 불 어나 있더라 했다 ……여호수아는 강을 건넌 후에, 그 땅의 원주민을 싸그리 죽였다 남녀노소를 가리지 않고 소와 양 과 나귀를 가리지 않고 죽였다 물건은 빼앗아 가졌다 …… 석달 동안 그가 안해본 것은 없었다 다행히 전이되는 속도 가 가산탕진의 속도보다 빨랐다 푸닥거리로 의사의 언약을 이길 수는 없었다 여기는 정말로 젖과 꿀이 흐르는구나 암 세포들이 환호하며 발광했다 ……여호수아는 제비를 뽑아 땅을 분배했다 레위 지파만 빼고 열두 지파가 골고루 땅을 나눠 가졌다 ……그도 요단강을 건넜으나 혼자 분깃이 없

112

었다 무배당 암보험 하나 들어두지 못했다 후손들은 레위
지파처럼 제사나 지내며 살 팔자였다 그는 하필이면 꽝을
뽑았다

슬하(膝下) 이야기

내가 과외를 했던 삼수생의 어머니, 독실한 불자였지 아들 합격을 기원하느라 부처님 앞에 아들 고3 때 천 배, 재수할 때 천 배, 삼수할 때 천 배, 도합 3천 배를 올리느라 무릎이 깨졌지

절할 때마다 오체투지를 했으니 3천 곱하기 5, 도합 1만 5천개의 몸을 땅에 던진 거였는데, 그때 어머니 무릎은 얼마나 헷갈렸을까 머리와 팔이 세번 무너질 때 두번씩 미리 무너져야 했으니

하라는 공부는 안하던 삼수생에게 그건 계란으로 바위치기 같은 거였겠지 뭐 무릎이 계란은 아니지만, 그 삼수생 돌부처처럼 꿈쩍도 하지 않았지만, 대신 계란이 깨졌으니

이눔아, 니 에미를 잡아먹어라 내가 어떻게 엄마를 먹어? 대신 계란 프라이나 먹을래, 뭐 이런 식이었겠지 무릎과 무릎 사이에서 그 아들, 먹고 자고 놀고 하라는 공부는 안하고

114

그 어머니, 지금도 방바닥을 닦을 때마다
제가 깬 계란을 치우고 있겠지

전생 이야기

갓난아기는 통통해서 팔뚝에도 주름이 생기죠 세상에 나가서 굶지 말라고 어머니가 온몸에 둘러주신 음식들이에요 중학생 때엔 그 흔적을 거지 깡통 줄이라고 놀리곤 했죠 전생에 빌어먹던 증거라고, 빈 깡통을 휘휘 돌리던 자리라고 했죠 그건 쥐불놀이 같은 것이었을까요? 장작 대신 먹을 것을 넣고 휘휘 돌리던, 그런 슬픔이었을까요? 안에서 저절로 비벼지던 슬픔을 아기는 저렇게 시계처럼 차고 있어요 어머니가 먹이다가, 어머니를 먹다가, 아기는 그렇게 목이 메었던 거지요

천변제국의 천변야화

오연경

영어(囹圄)의 자리

　권혁웅은 시에 관한 한 철저한 유물론자다. 시의 유물론은 '시는 세속의 자리에서 태어나고 자라고 죽는다'는 평범한 믿음으로 요약된다. 세속의 자리는 어디인가? 그것은 인간들이 어울려 지지고 볶는 현장, 끊임없이 흘러오고 흘러가는 지금-여기다. 세속은 시간과 공간의 좌표 위에 고정된 한 시대나 세계가 아니라, 시간과 공간의 주름을 품고 끊임없이 유동하는 어떤 자리다. '자리'는 사람과 사물이 차지하고 있는 영역(공간)이자 몸이나 물건이 어떤 변화를 겪고 난 후의 흔적(시간)이며, 또한 일정한 사람들이 모여드는 계기(타자)이기도 하다. 권혁웅의 시는 이 세속의 자리에서 감각과 언어와 욕망을 길어 올린다. 시의 감각이 몸에서 촉발되고 시의 언어가 발화의 순간에 새겨지고 시의

117

욕망이 타자를 열어젖히는 이유가 여기에 있다.

권혁웅의 다섯번째 시집은 자연인 권혁웅과 함께 나이를 먹었다. 그러나 이번 시집이 유년과 사랑과 청춘의 서사를 지나 시대에 대한 공적 발언을 거쳐 장년의 서사에 이르렀다고 말하는 것은 절반만 진실이다. 그의 시는 시간의 서사가 아니라 현재화하는 타자의 자리를 따라왔다. 그는 첫 시집에서부터 이렇게 말했다: "기다리는 이가 오지 않는 한,/세상의 중심은 이곳이 아니다." 타자가 개입되지 않는 나, 자리가 부재하는 이곳은 없다. "걸어갈 때에도/나는 이송중"(「원형의 감옥 1」, 『황금나무 아래서』)이라 했으니 그의 시는 타자에 영어된 몸으로, 그러니까 오직 타자가 도래하도록 개방된 자리를 따라 여기까지 왔다. 영어 조기교육은 일찌감치 시작되었던 셈인데 "여자에게 사로잡힌 영어의 몸,/그게 나였다"(「영어 조기교육에 관하여」)라는 고백이 주체와 타자에 관한 숱한 고공 담론들을 사양할 만도 하다. 주체는 '여(汝)'에게 사로잡힘으로써 주체가 된다.

이번 시집에 유독 자주 등장하는 누항의 장소들은 지금-여기의 주체가 붙들린 영어의 자리를 보여준다. 「CGV에서 두시간」은 삶의 해석학으로 진입하기 전에, 주체와 타자의 관계학적 지형도를 재기발랄하게 축약하고 있다. 극장 좌석의 앞뒤좌우 행렬로 그려진 이 유머러스한 지형도는 나의 신체와 감정과 언어를 끓어오르게 하는, 그럼으로써 당신과의 접촉면을, 당신의 자리를, 당신 자신을 기입하는 두 시간 동안의 타자의 역학을 보여준다. H9의 발길질과 F9의 뒤통수와 G10의 동행이 벗어놓은 신발이 G9에 앉아 있는 나의 혼과 백을 어지럽게 흩뜨리더니 급기야 G3에서 시작된 요의(尿意)는 G12까지 파도를 타게 한다. 나는 동서남북으로 육박하는 당신들에게 포위된 채 둥둥 떠내려가고 있으니, 스크린 위의 일은 물론 C열과 V열조차 돌볼 겨를이 없다. "여기는 CGV, 나는 한가운데 있었다." 권혁웅의 시는 바로 저 세속의 한가운데서, 어떤 관념이나 추상에 매개됨 없이, 오직 당신들에게 영어된 채 당신들과 접촉한 물질적 감각의 기록이다. 저 기록에 대한 조바심이 입술에 침을 바르게 하니 "입을 봉해서, 입술 채로, 그대에게 배달하고 싶다"(「호구(糊口)」)는 호구지책이 권혁웅 시의 살림살이다.

천변의 구절양장(九折羊腸)

세속은 멀지 않은 곳에 있다. 평범한 사람들이 소소한 일상에서 발길을 두는 곳, 그 동선들이 가장 진하게 겹쳐지는 곳에 속세의 속살이 있다. 이번 시집을 펼치면 익숙한 거리의 식당과 술집들이 갈피마다 빼곡하게 늘어서 있다. 그것들은 대개 '~집' '~방'이라는 이름을 달고 다정하게 반겨

주지만, 그곳은 언제든 돌아가야 할 내 집이 아니라 두시간 안팎으로 머물다 스쳐가는 길 위의 정거장이다. 문을 열고 들어서면 소박하고 뜨끈한 음식을 앞에 두고 애인과 친구와 직장동료들이 수작을 한다. 오가는 술잔과 주고받는 말들이 입술에 오목하게 고였다가 저마다의 내장과 감관의 지류를 타고 이쪽저쪽으로 흘러다닌다. 하나의 흐름이 먼 데서 흘러온 시간과 합류하고 그것은 다시 불쑥 솟구친 시간에 끌려간다. 술자리가 어디로 흘러갈지 알 수 없는 것처럼, 지금-여기로 무대화된 이곳은 이미 지나간, 지나가는 중인, 언젠가 지나갈 물길의 한가운데 둥둥 떠 있다.

이 속세의 난장을 마땅히 천변 풍경이라 부를 만하다. 예부터 속세의 주민들은 천변(川邊)에 터를 잡고 모여 살았으니 그러하고, 거기서 삶의 천변만화(千變萬化)를 겪으며 애면글면했으니 또한 그러하다. 구조조정으로 직장을 잃은 가장, 침술로 부활하는 어머니, 짝사랑 그이 앞에서 물먹은 사람, 노인대학에서 로맨스를 배우는 노인들, 가짜 양주로 청춘을 홀짝이는 아저씨, 속이 새카맣게 타들어간 며느리, 췌장암으로 가산을 탕진하고 간 사내, 종이상자가 주소지인 노숙자 들은 모두 천변의 주민들이다. 그들은 특정 집단이나 계층의 이름으로 수집된 사례들이 아니라, 천변의 곳곳에서 천변하는 삶에 발을 담그고 있는 낱낱의 그이들이다. 그이들이 온 마을을 돌며 그려놓은 동그란 그물이 있어 그 거미줄에 걸린 한가운데, 나의 자리가 생겨난다. 그것은 타자들이 솟구쳐 올린 세상 한옆에 찍힌 "방점" "사랑하는 이 옆에서/그이를 중요한 사람으로 만드는/바로 그 마음"(「포장마차는 나 때문에」) 자리다. 그러므로 권혁웅의 시를 끌고 가는 추동력은 연애의 욕망이다. 연애는 한번 일어나고 종결되는 사건이 아니라 한번 일어남으로써 영원히 일어나는 사건이다. 그것은 아홉 굽이 내장 속에 몸의 일로 맺혀 있다가 그리움의 감관을 타고 벌컥 누수된다. 표제시를 읽어보자.

지금 애인의 울음은 변비 비슷해서 두시간째
끊겼다 이어졌다 한다
몸 안을 지나는 긴 울음통이 토막 나 있다
신의주찹쌀순대 2층, 순댓국을 앞에 두고
애인의 눈물은 간을 맞추고 있다
그는 눌린 머리고기처럼 얼굴을 눌러
눈물을 짜낸다
새우젓이 짜부라진 그의 눈을 흉내낸다
나는 당면처럼 미끄럽게 지나간
시간의 다발을 생각하고
마음이 선지처럼 붉어진다 다 잘게 썰린
옛날 일이다

연애의 길고 구부정한 구절양장을 지나는 동안
우리는 빨래판에 치댄 표정이 되었지
융털 촘촘한 세월이었다고 하기엔
뭔가가 빠져 있다
지금 마늘과 깍두기만 먹고 견딘다 해도
동굴 같은 내장 같은
애인의 목구멍을 다시 채워줄 수는 없을 것이다
나는 버릇처럼 애인의 얼굴을 만지려다 만다
휴지를 든 손이 변비 앞에서 멈칫하고 만다
　　　　　　　　　　　　　　—「애인은 토막 난 순대처럼 운다」 전문

　구절양장은 흔히 험난한 인생길에 비유된다. 몇번의 고
비가 있었고 그때마다 삶이 절단 났지만 그럼에도 끊어
질 듯 이어져왔다는 것이다. "연애의 길고 구부정한 구절
양장" 또한 그러했을 것임을 "빨래판에 치댄 표정"에서 읽
을 수 있다. 그러나 "당면처럼 미끄럽게 지나간/시간의 다
발"은 "다 잘게 썰린/옛날 일"이 되었다. 빨래판에 치댄 세
월, 융털 빠진 성긴 시간, 선지처럼 붉게 물든 마음이 "토막
난 순대"의 형상으로 연애의 후일담을 완성한다. 그렇다면
"지금 애인의 울음"은 험난했던 연애 이후의 사건, 속이 꽉
찬 시간들이 다시 아픈 단면으로 현재화하는 사건이다. 지
나간 연애의 구절양장이 애인의 "몸 안을 지나는 긴 울음

통"으로 말려들어갔고, 그렇게 꽉 눌리고 조여진 시간은 잘
게 토막 난 채 힘겹게 되말려나오고 있다. 이 순대 토막에
는 "다시 채워줄 수는 없"는 지난 시간과, "버릇처럼 애인
의 얼굴을 만지려"는 지금과, 이 "멈칫"의 순간을 말아 안
고 흘러갈 미래가 한꺼번에 압축되어 있다. 권혁웅은 바로
저 구절양장의 잘게 잘린 토막들로 시를 쓴다. 그것은 돌아
서는 천변의 골목마다 숨어 있는 삶의 곤경이고, 꼬부라진
내장의 굽이마다 쟁여 있는 시간의 조각이며, 또한 그리움
의 길목마다 울음과 고백의 수도꼭지를 틀어놓는 시의 몸
이다.

저녁의 양생송사(養生送死)

세속은 또한 가까이, 내 몸 안에 있다. 몸속에도 "요하와
구절양장"이 있어 "육식과 음주가무"의 천변 풍경이 펼쳐
진다. 「몸속을 여행하는 법」 두 편은 몸-제국의 쇠망사를 보
여준다. 몸은 가장 가까운 곳에서 가장 먼 데를 품고 있는
장소다. 생명을 펌프질하는 심장 박동은 하루하루 죽음을
끌어들이는 발걸음이다. 내실을 기하는 성장기에는 심장을
향한 중앙집권제이지만, 죽음과 싸우는 전쟁기에는 팔다리
가 따로 노는 지방자치제다. 청춘의 시절에는 여국(여자)

을 향해 두근대다가 노년에 접어들면 여국(죽음) 쪽으로 영토를 옮긴다. "정북에 있는 행정중심복합도시"(머리)와 "중앙에 있는 수도"(심장)가 "내치와 외교에 열심이"지만, "백두대간"(척추)을 기준으로 "영동이 좁고 영서가 넓"은 것은 "청춘은 잠깐이고 이후로는 내내 일몰이란 증거다." 제국은 끝내 기울어 사라질 수밖에 없는 운명이다.

중년과 초로 사이는 삶의 발걸음이 죽음 쪽으로 확고하게 기울어지는 일몰의 시간이다. 저 기우는 속도를 늦추고자 무병장수를 꾀하는 "저녁의 양생법"(「천변체조교실」)이 세속에 널리 유행 중이다. 「도봉근린공원」 「주부노래교실」 「천변체조교실」 「천변의 고수들」 등에서 그려지는 중년의 아낙들과 사내들의 모습은 다소 과장되어 있고 어딘지 모르게 우스꽝스럽다. "썬캡과 마스크로 무장한" 아낙들은 "무장강도" 아니면 "동계적응훈련"(「도봉근린공원」) 중인 군인 같고, 천변의 운동기구에 들러붙은 사내들은 무협지에서 걸어 나온 고수들 같다. 주부노래교실에서 "한눈파는 법이 없"는 "마흔개의 입"은 "음치가 음악치료가 되는 기적"(「주부노래교실」)을 쏟아낸다. 그런데 일사불란하게 열심인 저들을 번역하는 유머 코드는 어느새 슬픔의 코드를 짚고 있다. "이 저녁의 양생법이란/견갑골 깊숙이 찔러 넣은 내 손이/내 등을 안는 식이어서"(「천변체조교실」) 건강관리와 장수의 몸부림 뒤편에는 "흔적과 연애하는 자"(「서해에서」)

의 지극한 슬픔이 고여 있다.

연애와 마찬가지로 청춘은 한번 타오르고 끝나는 것이 아니라 영원히 타오르고 있는 현재다. 청춘은 지워지면서 드러나는 흔적, 늙어가는 몸 안에서 "다시 문을 벌컥 열어젖히는"(「애모」) 슬픔이다. 저 슬픔의 바이러스가 한몸으로 두개의 시간을 견뎌내는 환절기에 기승함을 알겠다.

몸의 절반이 봄으로 건너가지 못한 여자가 있다 그녀의 왼쪽은 가로등을 꺼버린 골목길이다 모세혈관마저 캄캄하게 돌아 나오는 길을 잊었으므로 그곳엔 지금 처음 남자에게 안겼을 때의 체온과 첫 입술이 서성이고 있다 심장도 쿵쾅거리며 돌아다니고 있다 누군가 왼쪽으로 넘어가는 다리를 끊어버렸으므로 그곳엔 녹지 않은 눈과 시어머니, 남편, 딸들이 나란히 눕던 단칸방이 있다 선산으로 시댁으로 떠나보낸 상여와 가마는 여전히 그곳을 떠나고 있다 그녀의 오른쪽은 예순세번째 봄이지만 왼쪽은 먼저 간 남편에게 세를 내준 것 같다 그와 나란히 누워 있는 것 같다 아니 왼쪽이 먼저 가서 함께 누운 것 같다 절반은 잔설이고 절반은 새잎인 연옥의 하루, 오른쪽 절반이 이끄는 대로 끌려가는 왼쪽이어서 그녀는 어쩔 수 없는 우익이다 지난번 다녀간 딸이 해준 눈썹 문신만 사철 푸르다 이제 아이라인도 그릴 필요 없어, 딸 덕분에

왼쪽 절반에도 자랑처럼 무성하게 돋아난 그런 풀이다

—「환절기」 전문

우리 몸은 청춘에서 노년으로 건너가는 것이 아니라 애
초부터 그 간극 자체를 품고 태어난다. 갓난아기의 팔뚝에
새겨진 주름은 어머니의 몸에서 물려받은 생래적 슬픔, "안
에서 저절로 비벼지던 슬픔"(「전생 이야기」)이다. 전생에서
부터 차고 나온 슬픔의 시계는 요단강을 건너기 전까지 멈
추지 않고 오른쪽으로만 돈다. 왼쪽에는 건너오지 못한 청
춘을 두고 오른쪽은 계속해서 시간을 따라간다. 늙을수록
병에 침윤되는 이유는 이 간극이 닿을 수 없는 심연으로 깊
어지기 때문이다. 하지만 "스치기만 해도 저릿저릿"(「첫사
랑」)한 통증은 첫사랑이 스친 손끝의 감각과 똑같다. "오른
쪽 절반이 이끄는 대로 끌려가는 왼쪽이어서" 그녀의 몸이
우익이라면, 왼쪽 절반이 하는 일을 모르는 오른쪽이어서
그녀의 슬픔은 좌익일 것이다. 우익에서 무한증식하는 암
세포와 좌익에서 방목되는 슬픔이 나란히 무성하다. 그러
니 '저녁의 양생법'은 죽음을 따라가는 오른돌이와 죽음에
저항하는 왼돌이를 동시에 견뎌내는 환절기의 양생법(兩
生法)이라 할 수 있다. "성북구 스포츠타운에서" "어머니가
한창 접영을 배우고 계"(「험한 세상에 다리가 되어 3」)신 이유
가 여기에 있다. 양 날개를 팔랑거리며 피안으로 건너가기

위해, 그렇게 기울어가는 제국의 슬픔을 달래기 위해.

세속의 자기신화

　세속은 끝끝내 언어에 깃든다. 권혁웅의 시는 세속이 갖
는 자기정당성을 언어 자체의 물질적 정당성으로 드러낸
다. 그의 언어는 그것이 지시하게 될 의미의 정합성으로 부
려지는 것이 아니라 언어 자체가 지닌 유물론적 성격에 따
라 스스로 길을 튼다. 말의 음성적 자질, 말과 말의 유희, 말
실수, 발화된 말이 불러들이는 또다른 말, 말과 말이 부딪쳐
만들어내는 파열, 파장, 협화음, 불협화음들이 감각의 논리
와 비유의 체계를 열어놓는다. 권혁웅은 시를 운용하는 키
를 말의 힘 쪽으로 최대한 넘겨놓고 뒤로 물러나 딴청을 피
운다. 그의 시에서 대상을 주관하는 시선, 깨달음의 잠언,
해석적 전언을 뽑아내기 어려운 이유가 여기에 있다. 그의
시는 당신을 향해 발화하는 입술, 그럼으로써 당신의 감각
을 언어 앞으로 끌어오는 사랑의 몸짓에 몰두한다. 호구지
책의 시는 "목 아래가 다 추신"(「호구(糊口)」)이므로 발화의
사건이 발생하면 나머지는 저절로 따라오게 되어 있다.
　바로 저 '덧붙여 말하기'(추신)가 이번 시집에서 언어와
현실을 일대일 대응시키는 유비의 연산자라 할 수 있다. 덧

붙여 말하기는 한번의 발화가 여러번의 발화를 불러일으키는 추신의 연쇄작용이다. 예컨대 「봄밤」에서는 병렬된 두 계열의 연쇄작용을 읽어낼 수 있다. 하나는 "현세와 통하는 스위치"가 "캄캄함"과 "편안함"의 대립을 낳고 그것이 다시 '마시다'와 '토하다'의 대립을 거쳐 "긴 관(管)"의 이미지로 수렴되는 선이고, 또 하나는 "현세로 돌아갈 패스포트"가 "편안한 수평"으로 비약하여 "직립 인간"과 "목이 굽은 인간"의 대립으로 확장되는 선이다. 이 두 계열이 봄밤의 슬하로 합쳐지면서 "어리둥절한 꽃잎 하나"가 생성된다. 여기에 다시 따라붙는 "이불처럼/부의봉투처럼"이라는 마지막 추신은 영원히 닫히지 않을 무한을 낳는다. 이불의 편안함과 부의봉투의 캄캄함 사이에서 웃을 수도 없고 울수도 없는 이 어리둥절함이야말로 '세속이 스스로를 들어올리는 지극한 경지'(「시인의 말」)라 할 수 있을 것이다.

권혁웅의 시에서 세속의 이야기는 스스로를 신화로 만든다. 세속의 자기신화는 일상의 발견이나 소시민의 삶을 신성화하는 불변의 이야기가 아니라, 천변 주민들 개개의 삶에 항간의 언어로 추신을 다는 천변야화(千變野話)다. 그것은 약수터의 바가지처럼 뭇입들을 불러 모은다.

약수터에 놓인 빨간 플라스틱 바가지는 예쁘고
헤픈 처녀 같아서 뭇입이 지나간 참이다

나도 머뭇거리며 손잡이 쪽에 얼굴을 가져간다
제일 많이 혀를 탄 곳이다 방금 나는
웬 노파와 입을 맞췄다
맨발 지압로에는 볼일 급한 애완견이 먼저 지나갔고
음이온 산책로에는 보행기를 끄는 고목이 서 있으니
놀랍도다, 이 저녁의 평화는 왜 이리 분주한 것이며
요즈음의 태평성대는 왜 이리 쓸쓸한 것이냐
—「도봉근린공원」 부분

못입을 피하겠다고 애써 돌린 손잡이 쪽이 결국은 "제일 많이 혀를 탄 곳"이다. 처녀에게 매혹되었다가 노파에게 입 맞추고 돌아서는 이 상황은 쑥스런 웃음을 낳는다. 그것은 천변의 못입들이 먹고 마시고 토하는 동안, 저녁의 제국이 청춘과 죽음을 양생하는 동안, 삶의 아이러니가 몸에 새겨놓은 리듬이다. 권혁웅은 너무 많은 입이 지나가버린 낡은 입술, 그러나 누구든 다시 입을 대고 싶어지는 유혹적인 입술에서 세속의 언어를 길어 올린다. "제일 많이 혀를 탄 곳"은 시의 혀를 타는 곳이기도 하다. 시의 혀는 거기서 쓸쓸한 태평성대의 아이러니한 웃음을 맛본다. 권혁웅의 이번 시집은 저 다정하고도 쓸쓸한, 어리둥절하고도 슬픈 웃음으로 세속의 자기신화를 응원한다. 언어와 현실의 유비는 추신을 거듭하고 현실의 모순은 언어의 비약을 강제하고 발화의 추동력은 타자에 대한 사랑에 있으니, 그의 천변 야화는 계속 변주될 것이다. 당신에게 영어된 주체가 할 수 있는 일이란 영원히 "당신의 슬픔을 받아내는 일"(「춘천닭갈비집에서」)이므로.

吳妍鏡 | 문학평론가

다섯번째 시집이다.

작심하고 정색하고 싸느랗고 싶지 않았다.

세속이 그 지극한 경지 안에서

스스로를 들어 올렸으면 했다.

그러자 가족과 이웃들이

내 눈꺼풀을 열고 안으로 들어와 살았다.

내게는 도돌이표 같은 시집이다.

영원히 반복에 처하는 운명도

나쁘지 않다고 생각했다.

2013년 10월

권혁웅

창비시선 369

애인은 토막 난 순대처럼 운다

초판 1쇄 발행 / 2013년 10월 18일
초판 9쇄 발행 / 2026년 5월 7일

지은이 / 권혁웅
펴낸이 / 염종선
책임편집 / 윤자영
펴낸곳 / (주)창비
등록 / 1986년 8월 5일 제85호
주소 / 10881 경기도 파주시 회동길 184
전화 / 031-955-3333
팩시밀리 / 영업 031-955-3399 편집 031-955-3400
홈페이지 / www.changbi.com
전자우편 / lit@changbi.com

ⓒ 권혁웅 2013
ISBN 978-89-364-2369-8 03810